版权所有，侵权必究

图书在版编目（CIP）数据

图话经典. 一看就上瘾的神话和寓言 /（英）玛西娅·威廉姆斯著；周颖琪，戴莎译. — 长沙：湖南美术出版社，2021.9
ISBN 978-7-5356-9542-0

Ⅰ. ①图⋯ Ⅱ. ①玛⋯ ②周⋯ ③戴⋯ Ⅲ. ①神话 - 作品集 - 世界②寓言 - 作品集 - 世界 Ⅳ. ①I11

中国版本图书馆CIP数据核字(2021)第150254号

Copyright © 2011 Marcia Williams
Published by arrangement with Walker Books Limited, London SE11 5HJ
All rights reserved. No part of this book may be reproduced, transmitted, broadcast or stored in an information retrieval system in any form or by any means, graphic, electronic or mechanical, including photocopying, taping and recording, without prior written permission from the publisher.

本书中文简体版权归属于银杏树下（北京）图书有限责任公司
著作权合同登记号：图字18-2021-192

图话经典：一看就上瘾的神话和寓言
TU HUA JINGDIAN:YI KAN JIU SHANGYIN DE SHENHUA HE YUYAN

出 版 人：黄 啸
著　 者：[英]玛西娅·威廉姆斯
译　 者：周颖琪　戴 莎
选题策划：后浪出版公司
出版统筹：吴兴元
编辑统筹：冉华蓉
责任编辑：贺澧沙
特约编辑：张 妍
营销推广：ONEBOOK
装帧设计：墨白空间·唐志永　闫献龙
出版发行：湖南美术出版社（长沙市东二环一段622号）
　　　　　后浪出版公司
印　　刷：天津市豪迈印务有限公司
字　　数：352 千字
开　　本：650 毫米 × 1092 毫米 1/8
印　　张：21.75
版　　次：2021 年 9 月第 1 版
印　　次：2021 年 9 月第 1 次印刷
书　　号：ISBN 978-7-5356-9542-0
定　　价：168.00 元（全4册）

读者服务：reader@hinabook.com 188-1142-1266
投稿服务：onebook@hinabook.com 133-6631-2326
直销服务：buy@hinabook.com 133-6657-3072
网上订购：https://hinabook.tmall.com/（天猫官方直营店）

后浪出版咨询（北京）有限责任公司
常年法律顾问：北京大成律师事务所　周天晖 copyright@hinabook.com
未经许可，不得以任何方式复制或抄袭本书部分或全部内容
本书若有质量问题，请与本公司图书销售中心联系调换. 电话：010-64010019

图话经典：一看就上瘾的神话和寓言

埃及众神和法老的故事

[英]玛西娅·威廉姆斯 著
周颖琪 戴莎 译

湖南美术出版社
·长沙·

创世之初,世界上只有

深邃的、

混沌的

原初

之水。

水面上升起一片陆地，形成了一个岛。
岛上伫立着太阳之神——拉神。
拉神是第一位降临在埃及大地上的神。

拉神有一个秘密的名字,正因为这个名字,他才有了神的力量,
只需一句咒语或一个眼神,他就能创造一切!

他先是创造了大气之神舒,
又创造了雨水女神泰芙努特。

然后诞生了大地之神盖布,
以及天空之神努特。

接下来,拉神将流经埃及的尼罗河封为哈皮神。

拉神将生命赋予大地,地上有了男人、女人和
大大小小的生物。

其后,拉神化为人形,成了埃及的第一位法老。
尼罗河每年都会涨水,河水流进田地里,
滋润了谷物的生长。拉神掌权期间,
人们过着平和富足的生活。

拉神最喜欢的动物是我这只叫拉米的猫。他给了我好多条命!

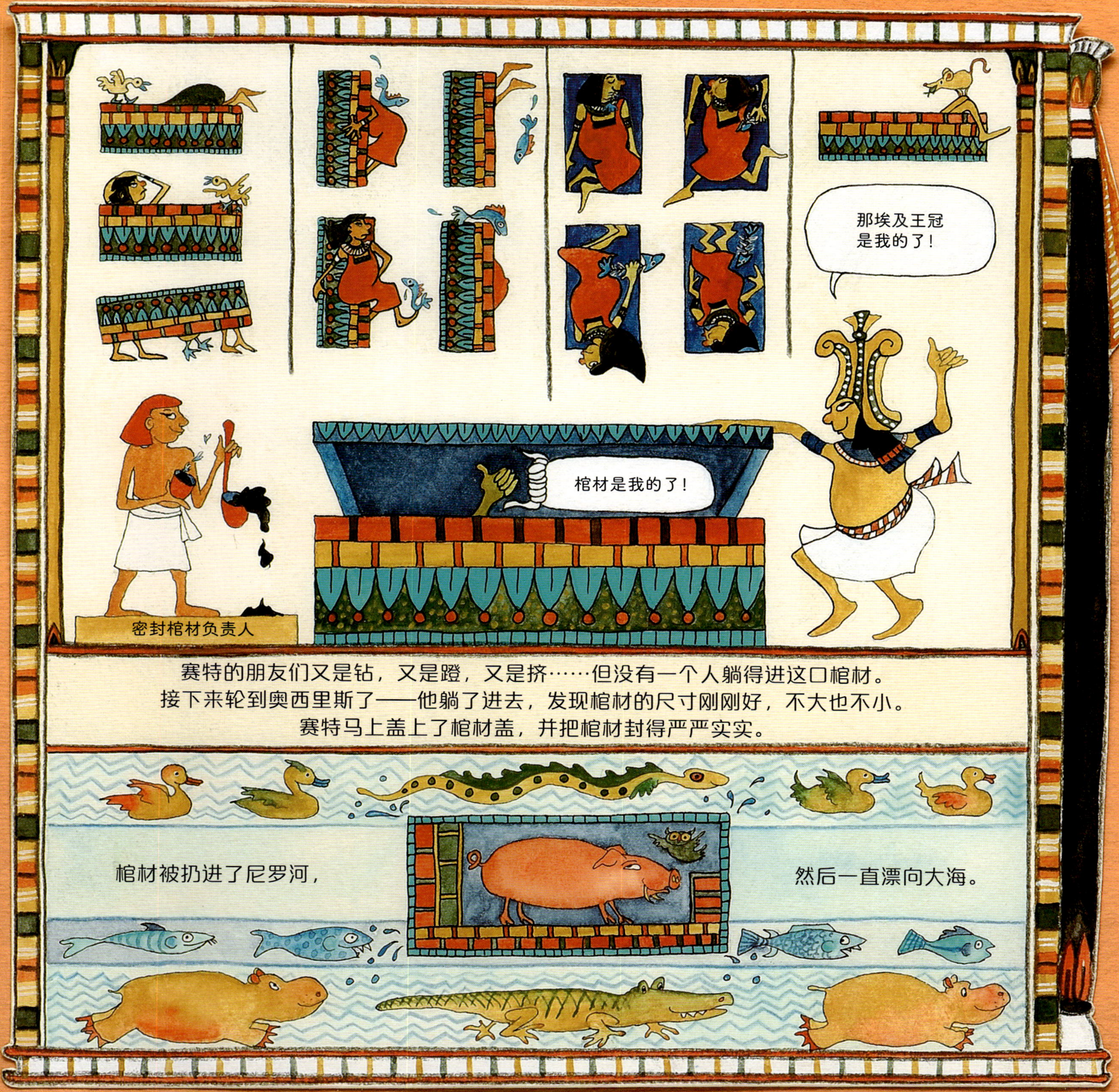

那埃及王冠是我的了!

棺材是我的了!

密封棺材负责人

赛特的朋友们又是钻,又是蹬,又是挤……但没有一个人躺得进这口棺材。
接下来轮到奥西里斯了——他躺了进去,发现棺材的尺寸刚刚好,不大也不小。
赛特马上盖上了棺材盖,并把棺材封得严严实实。

棺材被扔进了尼罗河,然后一直漂向大海。

他们还种植亚麻,用来织布缝衣。

每年6月到9月是尼罗河的泛滥期。

泛滥期过后,河边的土壤十分肥沃,农民们迎来了大丰收!

可怜的伊西斯!不过她是个勇敢的女人,再次出发寻找丈夫的尸体。

几个星期又过去了,她几乎找齐了丈夫的尸体,可惜有一块被鱼吃掉了。

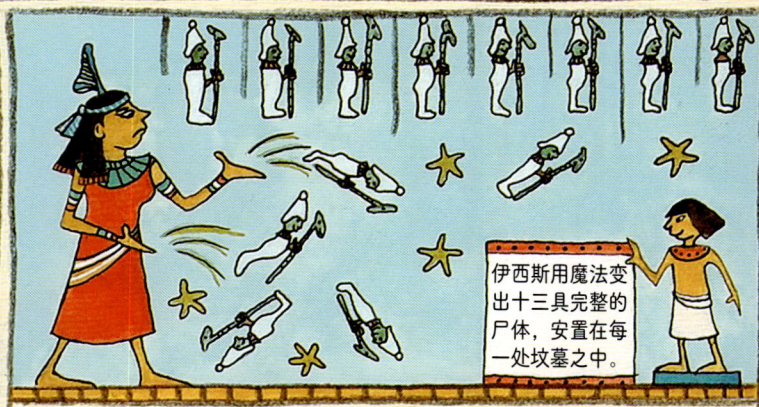

为了防止赛特再对奥西里斯下手,伊西斯把尸体埋葬在十三个不同的地方!

终于,奥西里斯的灵魂得以进入冥界——杜阿特。他在这里成了冥界之王……

而他邪恶的弟弟赛特成了埃及的法老,得到了他不配得到的地位!

野猫赶走了粮仓里的大鼠小鼠。

人类很快就驯化了猫。

猫成了古埃及最受人们喜爱的宠物——如果有哪户人家没养上一只猫,那他们一定是……养了两只!

复仇者荷鲁斯！

亲爱的王冠，我可不会让那个小杂种荷鲁斯把你偷走。

赛特虽然登上了埃及法老之位，但是这顶王冠本应属于他的侄子荷鲁斯。

咱们只要把荷鲁斯搞死就行啦！你说呢我的宝贝？

赛特决定杀死荷鲁斯，就像他当时杀死奥西里斯一样。

你在这里是安全的，你的坏叔叔赛特不会找到你的。

我可不敢保证哟。

此时的荷鲁斯还是个孩子。他的母亲为了保护他，把他藏在一座漂浮的岛上。

一天夜里，岛漂到了尼罗河岸边，赛特跨过河，登上了岛。

他化身成一只蝎子，来到荷鲁斯的房间，蜇了他一下。

人们不带狗，而是带着猫打猎——喵！

人类猎取的鸭子和鱼落在沼泽地里，猫能灵巧地把它们找出来。

没过多久，古埃及人就把猫当作神来供奉了。

最有名的猫神是贝斯特。

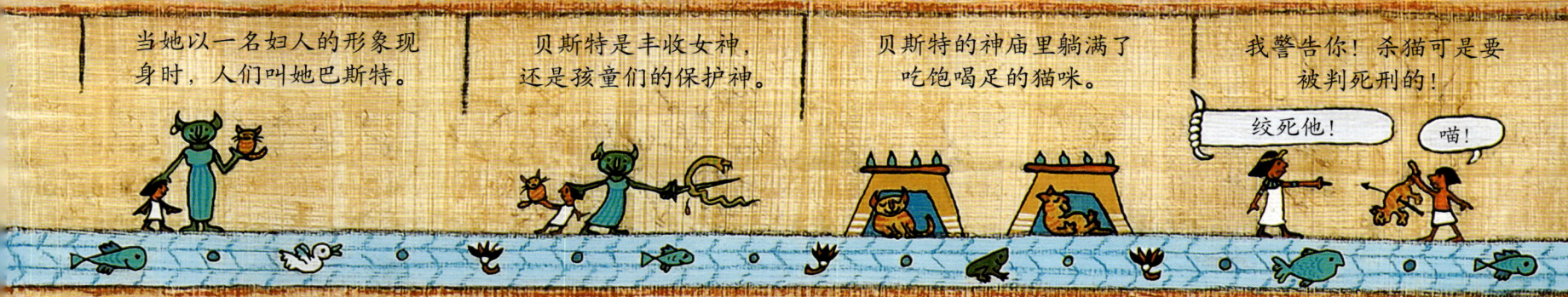

这是我的地盘，你给我走开！

海上顿时狂风呼啸、巨浪翻涌，黑暗笼罩了整个埃及。在一片漆黑之中，只有荷鲁斯的船闪闪发光。
巨大的红色河马张开血盆大口，准备把荷鲁斯咬个粉身碎骨。
荷鲁斯也迅速变成一位年轻的巨人，向后张开胳膊，用力掷出一支长枪。

荷鲁斯使出了全身的力气——长枪穿过赛特的嘴，刺进他的大脑。
巨大的红色河马沉入尼罗河底，黑暗消散，埃及人民纷纷庆祝复仇者荷鲁斯的胜利。
埃及终于迎来了和平，荷鲁斯也当上了法老。

敢占我的地盘，咱们走着瞧！

哈特谢普苏特，伟大的埃及女王

> 是时候了，我的埃及该有一位女王降临了。

> 这只猫真可爱，但是我更想要一个孩子。

众神之王阿蒙拉俯视着埃及的大地，他决定，是时候让一位女王来统治埃及了。他选中了法老图特摩斯的妻子阿梅斯来做女王的母亲。

死了这么长时间，我又复活啦！

这些熊孩子就知道拽我的尾巴！

除了拽尾巴，他们还会玩泥巴、沙子、棍子和石头。

阿蒙拉和托特来到了图特摩斯的宫殿，他们施了个咒语，
让一切有生命的东西都陷入了沉睡。

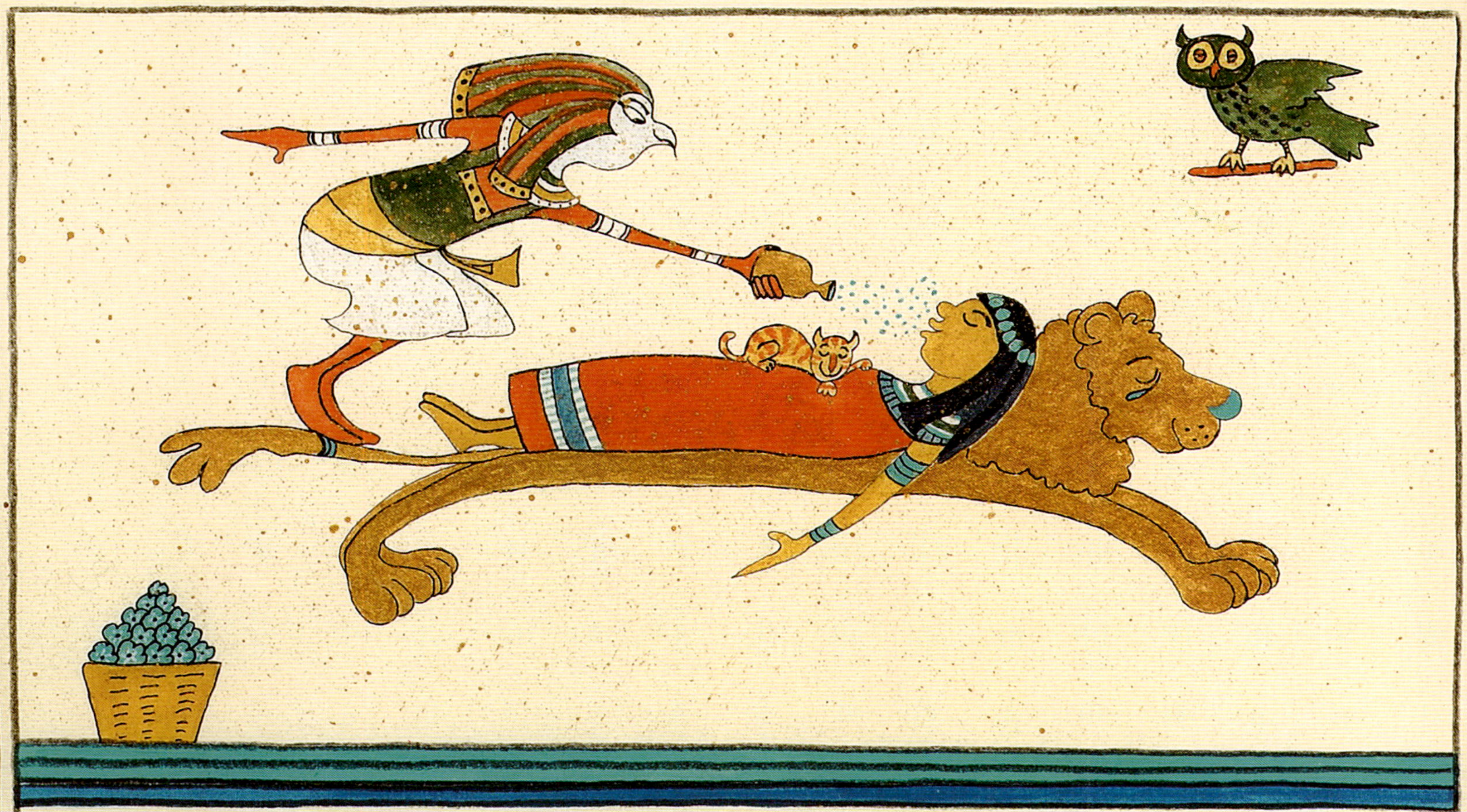

接着，阿蒙拉来到了阿梅斯的房间。房间里顿时一片光明。他走到阿梅斯身边，阿梅斯的床就飘浮
起来，进入了一处既不是人间也不是天堂的空间。阿蒙拉拿出一个散发着甜蜜香气的瓶子，
靠近阿梅斯的鼻子。新生命的气息就这样流进了阿梅斯的体内。

有的孩子玩陀螺、娃娃、玩具武器，
还有奇怪的拉着动物去遛弯儿的游戏。

他们还特别喜欢游泳……
不过鳄鱼也是。

还有更好玩的球类游戏、赛跑、
摔跤和跳舞！

九个月过后,阿梅斯诞下一名女婴,取名哈特谢普苏特。整个埃及都为这个新生儿欢呼雀跃。

宫殿再一次陷入沉睡,是阿蒙拉来看望这个孩子了。一起来的还有爱神哈托尔,以及她的七个女儿——负责为新生儿编织生命之网。阿蒙拉给了哈特谢普苏特一个吻,赐予她力量。哈托尔的女儿们则为这个女孩织了一张金色的网,保佑她成为伟大的女王。这一切都在宫殿陷入沉睡的时候悄然发生。

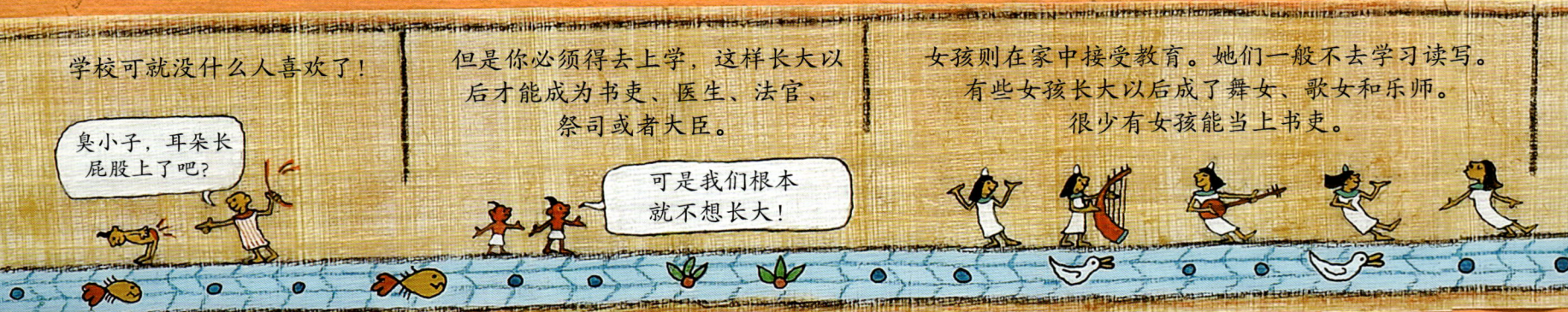

学校可就没什么人喜欢了!

但是你必须得去上学,这样长大以后才能成为书吏、医生、法官、祭司或者大臣。

女孩则在家中接受教育。她们一般不去学习读写。有些女孩长大以后成了舞女、歌女和乐师。很少有女孩能当上书吏。

臭小子,耳朵长屁股上了吧?

可是我们根本就不想长大!

哈特谢普苏特从小伴随在自己的凡人父亲——法老图特摩斯左右，一边学习如何心系人民，一边慢慢长大。

终于，时候到了，哈特谢普苏特继承了埃及法老之位。她和阿蒙拉都很高兴，因为他们早就知晓了这个命运。哈特谢普苏特是一位睿智而强大的统治者，在这位女王的引领下，埃及走向了繁荣！

古代埃及人结婚很早，他们的童年很短暂。

很快，人们就从孩子成长为父母。

孩子有义务尊重和照料他们的父母……以及他们的宠物猫！

如果你不赶紧离开我的地盘，我就叫你的兄弟来！

吉萨金字塔很雄伟，但图特摩斯王子的目光却落到了别处：
金字塔前的一尊斯芬克斯石像被埋在了沙子里，只有头部露在外面。
他以为斯芬克斯是荷鲁斯神显灵，于是开始祈祷，希望兄弟们可以放他一马。
图特摩斯在斯芬克斯石像的阴影下睡着了，做了一个最古怪的梦。

谁打扰了法老的安宁

第二层
人形棺

七十天后,图坦卡蒙的尸体被葬在帝王谷一个宽敞的陵墓里。陵墓外面刻着一句可怕的诅咒,用来警告那些胆敢进入陵墓的人:不要打扰这位年轻法老的安宁。

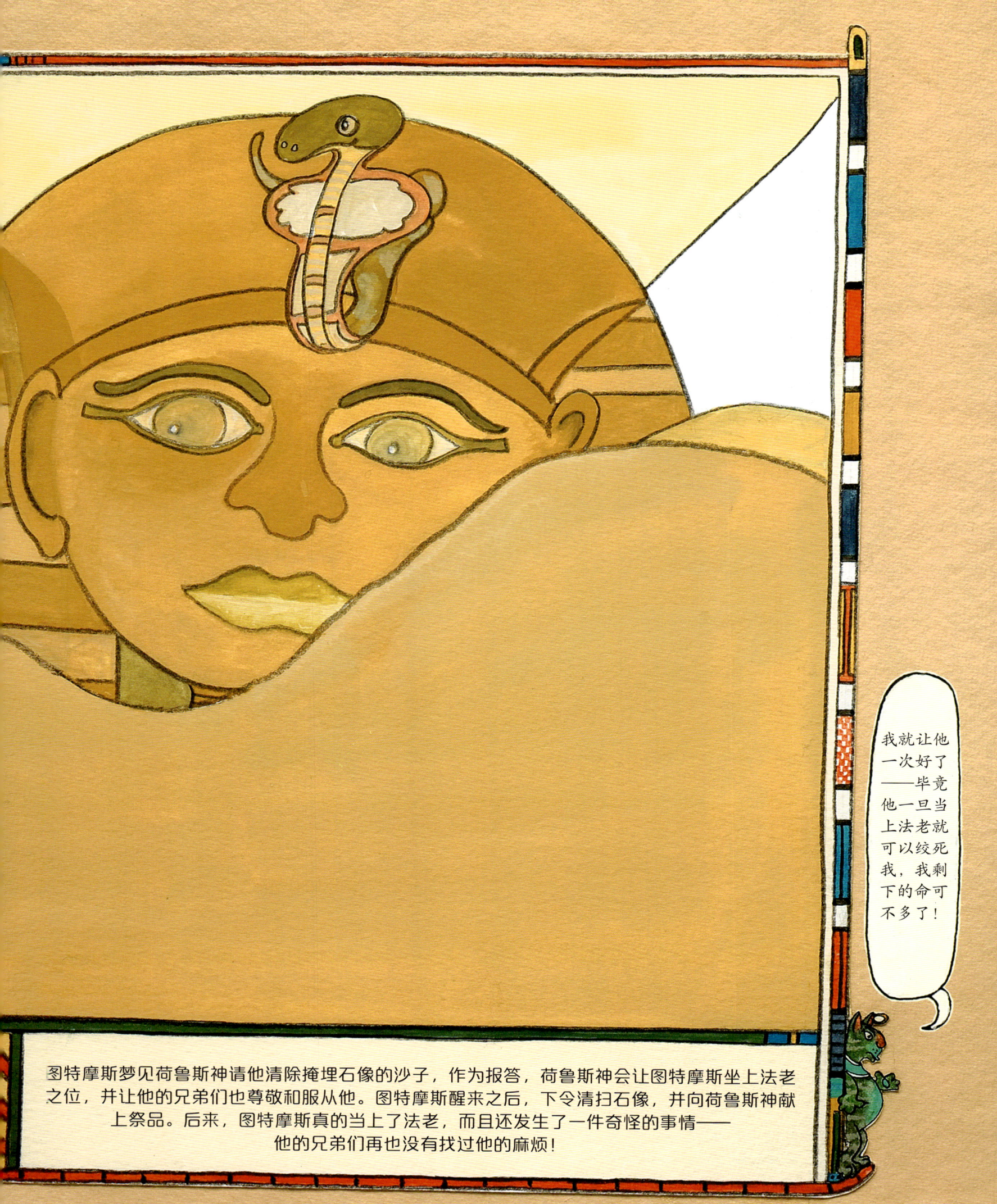

我就让他一次好了——毕竟他一旦当上法老就可以绞死我,我剩下的命可不多了!

图特摩斯梦见荷鲁斯神请他清除掩埋石像的沙子,作为报答,荷鲁斯神会让图特摩斯坐上法老之位,并让他的兄弟们也尊敬和服从他。图特摩斯醒来之后,下令清扫石像,并向荷鲁斯神献上祭品。后来,图特摩斯真的当上了法老,而且还发生了一件奇怪的事情——他的兄弟们再也没有找过他的麻烦!

阿肯那顿去世后,他的儿子图坦卡顿当上了法老,埃及人民为此欢呼雀跃……尽管图坦卡顿只是一个必须拄着拐杖、身体虚弱的九岁孩子。

在他的宰相艾的帮助下,图坦卡顿试图维护父亲的宗教改革。但是他很快就发现埃及人民处在怎样的水深火热之中。

两年之后,为了致敬阿蒙拉,图坦卡顿把自己的名字改成了图坦卡蒙,并开始恢复阿蒙拉的神殿,召回阿蒙拉的祭司。

他为阿蒙拉举办了一场又一场奢侈的宴会,渐渐地赢回了老祭司和人民的心。

图坦卡蒙在他年仅十九岁的时候摔了一跤,折断了腿。他生来就体弱,又深受疟疾的折磨,没过多久,这位年轻的法老身体日渐衰弱,最后死去了。

现在你可以打开拉页了,不过我还是希望你会被法老诅咒一辈子!

地毯一展开,克利奥帕特拉就蹦了出来。恺撒受到她的迷惑,答应帮她除掉托勒密。

随后,埃及爆发了一场内战,托勒密死了,克利奥帕特拉成了埃及唯一的统治者!

克利奥帕特拉开始思考如何征服世界。她跟着恺撒回到罗马,还带上了他们的孩子恺撒里昂。

两个人征服世界的野心急速膨胀,震惊了整个罗马议会的元老。元老们谋划了几个月,刺杀了恺撒。

克利奥帕特拉逃回了埃及,开始着手积累自己的力量和国家的财富。

安东尼像当时的恺撒一样,一见到克利奥帕特拉就把自己在罗马的妻子忘得一干二净,跟着克利奥去了埃及。他就这样抛弃了罗马。数年之后,罗马的领导者屋大维向他们宣战。

战争持续了好几个月,胜负难分。

够了,咱们回家家吧。

克利奥,别丢下我。

好哇!这样我就赢了!

有一天,双方正在海上交战,克利奥帕特拉突然率领她的海军掉头撤退,导致屋大维赢得了这场战斗。

我能相信的只有你了。

安东尼万念俱灰地回到埃及。他不仅吃了败仗,还遭到了爱人的背叛,在双重打击之下拔剑自尽。

现在,你是我的阶下囚,是我的奴隶了!

屋大维满意了。他已经等不及把克利奥帕特拉游街示众,向那些她统治过的街巷和城市宣布,现在的她只是屋大维的奴隶。

我要回阿蒙拉那里去了。

除非他还肯收留你!

没劲!

首先,我要提醒你回想一下古代埃及的辉煌文明。

约公元前1500年,埃及人发明了玻璃……大概吧!

一条玻璃鱼

约公元前1160年,埃及人绘制了世界上最早的地图……这个我敢确定!

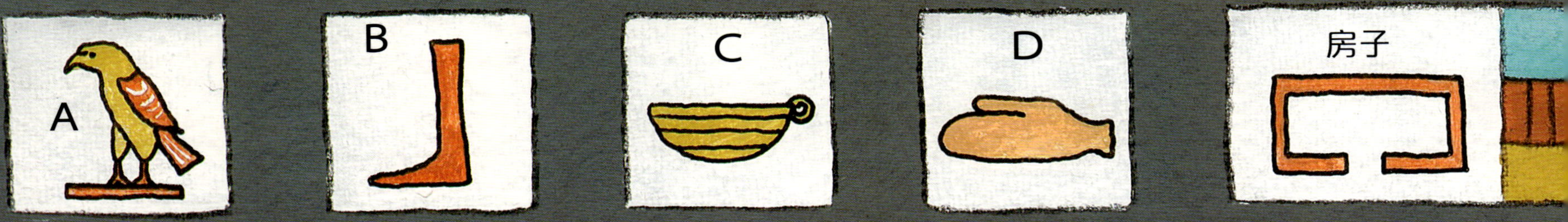

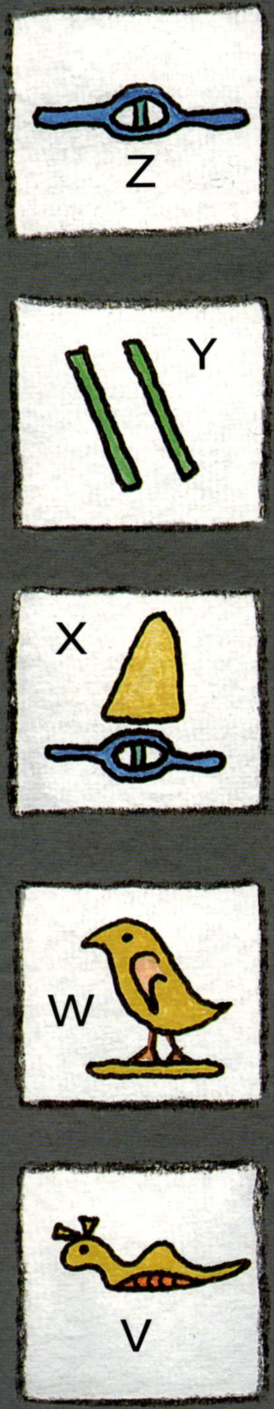

你可能已经注意到这张字母表里的一些象形文字长得一样了。没错！古埃及人分不清字母C和K，还有F和V，所以他们用同一个符号分别代表这两组字母。古埃及的书写系统中也没有元音字母，所以这是一张经过"改良"的字母表！如果你想像古代埃及人那样书写，就得省略掉元音字母了。祝你顺利！

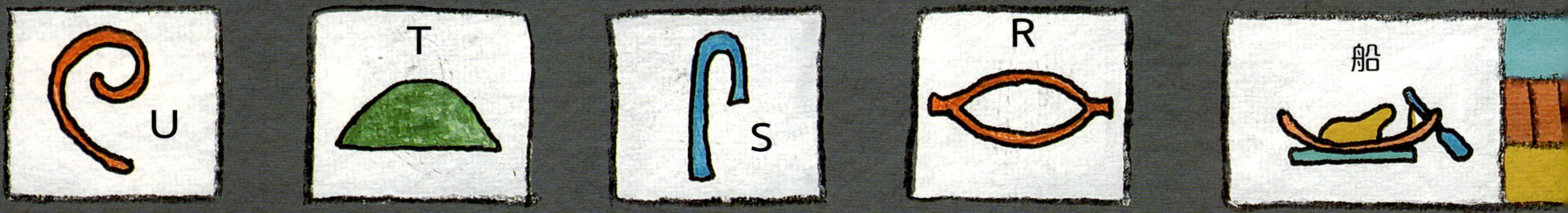

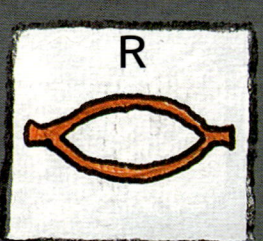
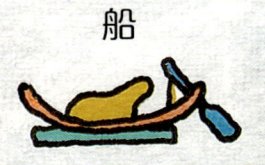

 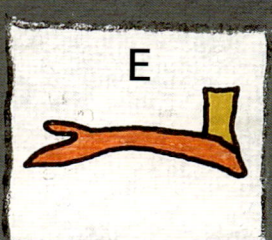   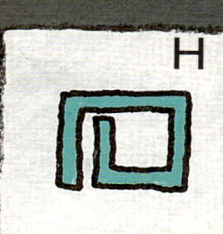

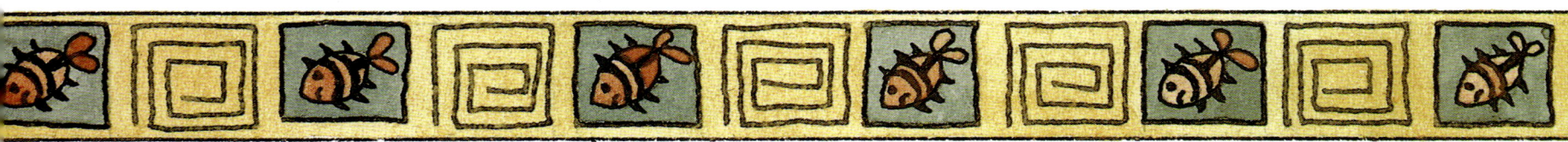

Copyright © 1991 Marcia Williams
Published by arrangement with Walker Books Limited, London SE11 5HJ
All rights reserved. No part of this book may be reproduced, transmitted,
broadcast or stored in an information retrieval system in any form or by
any means, graphic, electronic or mechanical, including photocopying,
taping and recording, without prior written permission from the publisher.

本书中文简体版权归属于银杏树下（北京）图书有限责任公司

图话经典：一看就上瘾的神话和寓言

希腊神话

〔英〕玛西娅·威廉姆斯 著　周颖琪　戴莎 译

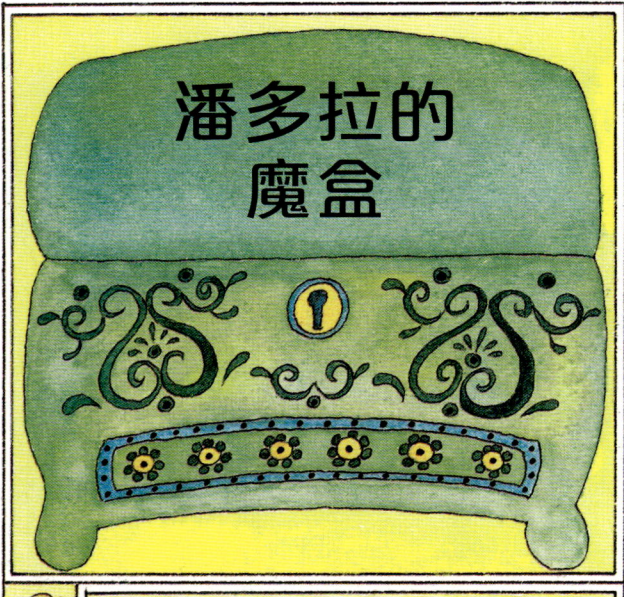

潘多拉的魔盒

创世之初,希腊诸神住在奥林匹斯山上。

大地上只有巨人与野兽。

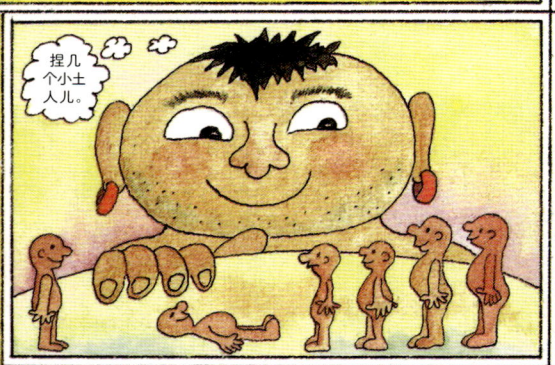

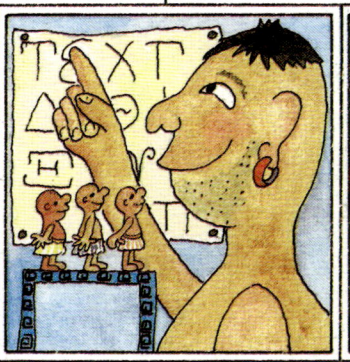

后来,巨人普罗米修斯用泥土造了人。

宙斯吹了一口气,赋予泥人生命。

普罗米修斯把自己知晓的一切都传授给了人类,

也教会了他们敬奉神明。

宙斯时不时地把一束闪电劈向大地,借此向人类展示自己的强大力量。

大地上的人类度过了一段安稳的日子……

直到普罗米修斯跟宙斯开了一个玩笑。

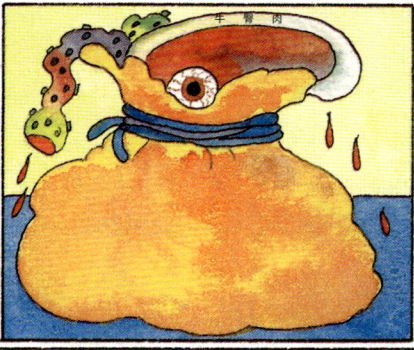

有人想给宙斯进献一头公牛,却不明白怎么做,于是请普罗米修斯做示范。

普罗米修斯装了一麻袋内脏和眼珠,在最上面放了一块牛排。

然后他又装了一麻袋猪排和牛排,却在最上面放了一把内脏。

| 普罗米修斯把这两个麻袋同时献给了宙斯。 | 宙斯选了最上面放着牛排的那个麻袋。 | 他看到袋子里面的东西，怒吼了起来。 |

| 为了报复愚弄他的人类，宙斯熄灭了大地上每一星每一点的火。 | 人类陷入了寒冷和饥饿之中。 | 但普罗米修斯爱着人类，不忍心看到大家受苦。 |

 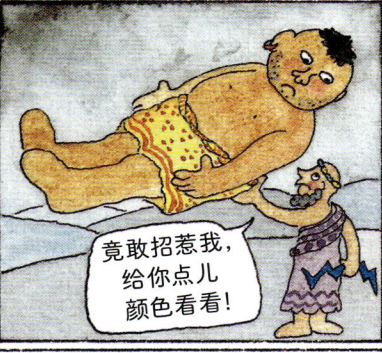

于是他偷偷爬上奥林匹斯山，从燃烧的太阳上掰下一小块，拿给了人类。　　宙斯为了惩罚普罗米修斯，用锁链把他绑在了高加索山上。

每天白天都有一只秃鹫飞来，秃鹫会扯出普罗米修斯的肝脏，并把它吃掉。到了晚上，普罗米修斯会重新长出一副肝脏。这种折磨持续了三万年，普罗米修斯才终于被解救。

顿时，盒子里的邪恶和不幸都飞了出来。它们像一群虫子一样把潘多拉包围起来，也给整个大地带来了痛苦和悲伤。

幸运的是，当盒子关上时，正要飞出来的"希望"恰好被锁在了里面。人类因此得到拯救，没有完全陷入绝望。可是——都怪潘多拉——大地上的生活再也不像以往那样无忧无虑了。

阿里昂与海豚

科林斯城的统治者佩里安德像大部分希腊人一样,喜欢听音乐。

他的宫殿里总是挤满了歌唱家和音乐家。

他最喜欢的明星是阿里昂。阿里昂的音乐总能带给他好心情。

因此,当阿里昂提出想去西西里岛参加音乐节的时候,佩里安德很不高兴。

"你一走,我要上哪儿找乐子去!"他闷闷不乐地说。

阿里昂说他会赢回许许多多奖金,这才说服了佩里安德。

佩里安德给阿里昂准备了一艘船,船上配了几名水手。阿里昂就这样前往西西里岛了。

阿里昂在岛上表现得十分出色，无论是演奏还是唱歌，他都不会弄错任何一个音符。

他赢得了许许多多奖品，多到他叫了十二个搬运工才把奖品运到了船上。

阿里昂即将带着名誉和奖品回到佩里安德的宫殿。一想到这里，他就兴奋不已。

船上的水手也很兴奋，因为他们起了歹意，想要偷走金子。

船一出海，水手们就包围了阿里昂，说："拿命来！"

阿里昂交出了金子，想求他们饶自己一命。

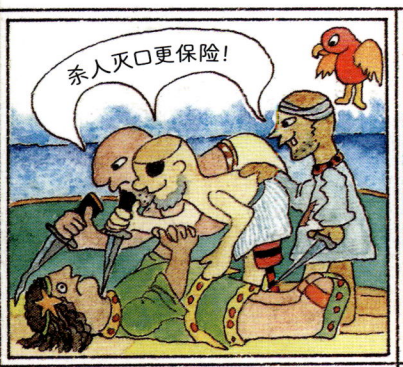
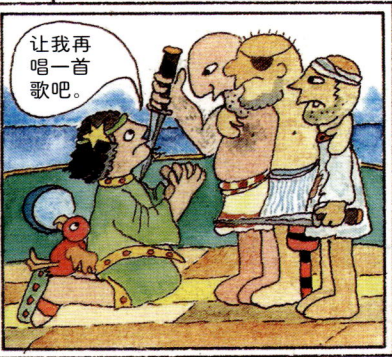

但水手们觉得，只有阿里昂死了，他们才安全。

阿里昂请求他们动手之前让自己唱最后一首歌。

他跪在船头高歌，请求诸神对他发发慈悲。

唱完最后一个音符，阿里昂纵身一跃，跳进了大海。

阿里昂的身体被翻涌的波涛吞没了，水手们则驾着船继续前行。

阿里昂动听的歌声引来一群海豚,它们载着阿里昂回到了科林斯的岸边。

阿里昂在船到达之前先上了岸,向佩里安德讲述了自己一路上的冒险故事。

阿里昂平安归来,佩里安德松了一口气,但他发誓要让那些水手受到惩罚。

水手们回来了。召见他们之前,佩里安德让阿里昂藏在一扇屏风后面。

"你们有阿里昂的消息吗?"佩里安德问。"当然有,"水手们答道,"西西里岛的庆典一场接一场,他暂时回不来了。"

听了水手们编造的谎言,阿里昂从屏风后面走了出来。

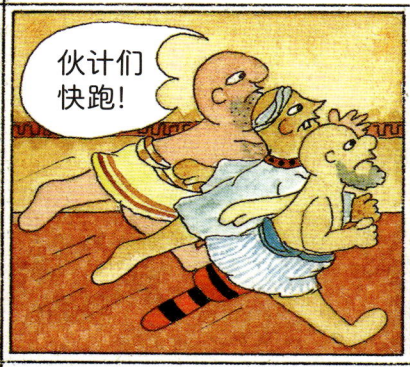

水手们想逃跑,却被守卫们团团围住了。

佩里安德打算把这些谋财害命的小偷就地处决。

但阿里昂的心肠很软,他为水手们求情,保住了他们的性命。

于是,佩里安德把水手们流放到了一个贫瘠、荒凉的不毛之地。

事情告一段落。佩里安德躺下身子,准备享受阿里昂最美妙的歌声。

音乐在佩里安德身边响起,他的内心终于平静下来。自从阿里昂离开以后,他的脸上再次露出了微笑。

俄耳甫斯是一位著名的诗人和音乐家。人们从希腊的各个地方赶来，只为听他弹奏里拉琴，听他歌唱。

他的音乐能驯服野兽，令树木折腰。

俄耳甫斯爱上了美丽的仙女欧律狄刻。他们结婚的那天是俄耳甫斯人生中最幸福的一天。

欧律狄刻喜欢跳舞，经常在田野中奔跑嬉闹。有一天，她在开满鲜花的草地上翩翩起舞，却不小心踩到了一条毒蛇。

毒蛇的毒牙深深地刺进了欧律狄刻的脚踝。她中了致命的蛇毒，很快就死了。

听到这个噩耗,俄耳甫斯伤心欲绝,接连几天不吃不喝。朋友们都很担心他。

有一天,他没跟任何人打招呼,带上里拉琴就离开了家,去找冥界之王哈得斯。他要为亲爱的欧律狄刻求情。

他终于来到了冥河河畔,这里是冥界和阳界的交界处,冥河的渡神卡戎在这里等待死者,为他们摆渡。

一开始,卡戎拒绝搭载俄耳甫斯这个活人。

但俄耳甫斯用里拉琴为他弹奏了一曲,卡戎就心软了。

在冥河的对岸,俄耳甫斯经历了一段噩梦般的旅程。

首先,他要穿过一片常春花地。这里只有黑和灰两种颜色,到处都有鬼魂出没。

然后,他要穿过冥界。邪恶的灵魂在这里受尽折磨,冥界的看门狗刻耳柏洛斯凶恶地对他咆哮,追着咬他的脚后跟。

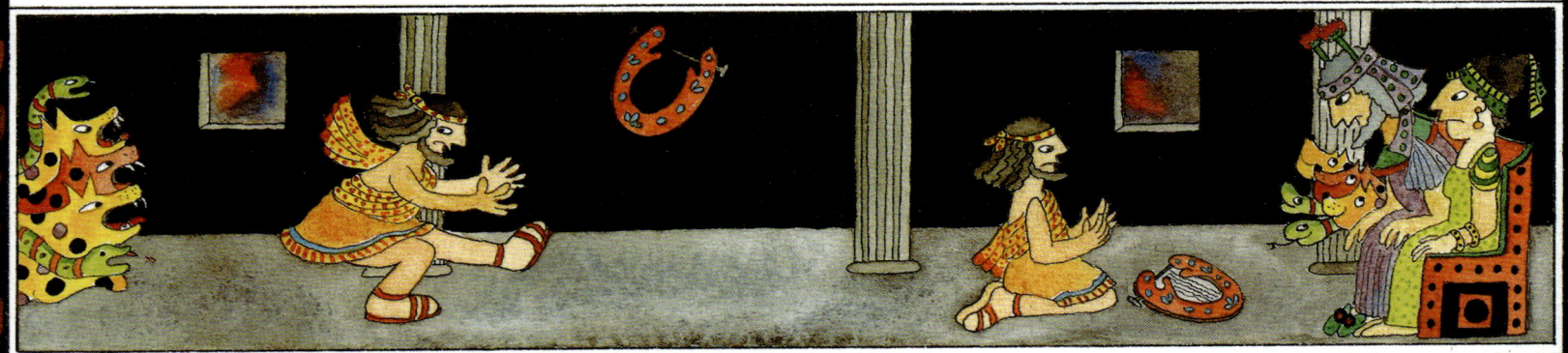

终于,俄耳甫斯来到了冥界中心,见到了冥王哈得斯和他的王后珀耳塞福涅。他跪了下来。冥王和王后见到一个大活人冒着生命危险闯入他们的世界,都大吃一惊。

俄耳甫斯拿出里拉琴弹唱起来,唱出了他对欧律狄刻的爱,也唱出了心底的悲伤。哈得斯和珀耳塞福涅都感动地落下泪来。

他们同意放了欧律狄刻,但是有一个条件:俄耳甫斯在回阳界的途中绝对不可以回头看。

俄耳甫斯踏上了归途,但他不确定欧律狄刻有没有跟在身后。

他回到了冥河岸边,心里犯起了嘀咕:过了这条河,我就回不去冥界了,要是哈得斯和珀耳塞福涅骗了我怎么办?

俄耳甫斯一只脚踏上了船,忍不住回头看了一眼——他亲爱的欧律狄刻正朝着他微笑。

可是,欧律狄刻的身形渐渐消散了,她彻底变成了冥界的一个鬼魂。

卡戎缓缓地划着船,载着俄耳甫斯回到了阳光下的世界。俄耳甫斯终于意识到:这一次,他再也找不回自己心爱的人了。

赫拉克勒斯的十二个任务

赫拉克勒斯从小就是个结实的男孩子。

大家都很疼爱赫拉克勒斯,只有赫拉是个例外。她派了两条毒蛇前去咬死他。

但是赫拉克勒斯掐死了这两条蛇。

接下来的一段时间,赫拉无视了赫拉克勒斯的存在。

赫拉克勒斯渐渐长大了,他的身体也变得越来越强壮。

他结了婚,生了许多孩子。

看到他这么幸福,赫拉很不开心。

一天晚上,她给赫拉克勒斯下了个咒。顿时,赫拉克勒斯拔出自己的剑,朝他想象中的敌人挥去。

等他回过神来时,他发现死在剑下的都是自己的孩子。

伤心欲绝的赫拉克勒斯来到神庙,想寻找赎罪的方法。

女祭司说,只要他帮助自己的敌人欧律斯透斯国王,他就能弥补自己的所作所为。

国王很害怕赫拉克勒斯。赫拉克勒斯一靠过来,国王就吓得躲进罐子里。

国王也非常憎恨赫拉克勒斯,于是派给他十二个充满生命危险的任务。

第一个任务,杀死一头体形巨大的狮子。这头狮子的皮可是厚得刀枪不入。

第二个任务,杀死多头蛇海德拉。它的吐息能置周围所有人类和野兽于死地。

第三个任务,捉住长着金角的神鹿。它跑起来像风一样快。

第四个任务,抓住一只凶猛的野猪。它的尖牙能刺穿一切盔甲。

第五个任务,在一夜之间把国王奥格阿斯的牛棚打扫干净。那个牛棚可是又大又脏。

第六个任务，消灭一群吃人的大鸟。它们躲在一处沼泽地里。

第七个任务，去克里特岛捉一头为害四方的喷火公牛。

第八个任务，偷出狄俄墨得斯的战马。这些马平时吃的可是人肉！

第九个任务，夺取亚马逊女王的金腰带。

第十个任务，夺取怪物革律翁养的牛，这些牛由一只双头犬看管。

第十一个任务,去金苹果园摘苹果。看守果园的是一条凶猛的龙。

第十二个任务——也是最危险的任务:到冥界去,把三颗脑袋的看门狗刻耳柏洛斯带回来。

十二项任务都完成了,赫拉克勒斯回去找欧律斯透斯。

看到他还活着,国王很是沮丧。他让赫拉克勒斯赶紧收拾东西走人。

为了避免惹怒冥王,赫拉克勒斯把刻耳柏洛斯送回了冥界。

回到神庙,赫拉克勒斯终于得到了宽恕。

他终于达成了愿望,也变得更强大了。

从此以后,赫拉再也没有招惹过赫拉克勒斯。

代达洛斯与伊卡洛斯

代达洛斯是一名杰出的工匠。

他为雅典国王工作。

代达洛斯制作的雕像栩栩如生，人们甚至误以为它们会说话。

代达洛斯收了自己的侄子塔洛斯做学徒。

塔洛斯是个聪明的孩子。他发明了锯、指南针和制作陶器的轮盘。

代达洛斯开始忌妒侄子的才能。他带侄子来到神庙的屋顶，把他推了下去。

雅典娜女神看到了这一幕，便把塔洛斯的灵魂变成一只鹧鸪，让他飞走了。

但塔洛斯的身体坠落在地，摔得粉碎。代达洛斯害怕自己会受到惩罚。

于是，代达洛斯带着儿子伊卡洛斯逃到了克里特岛，岛上的国王弥诺斯十分欢迎他们的到来。

代达洛斯为国王弥诺斯造了许多美丽的雕像、神庙、家具和容器。

他还修建了一座迷宫，里面除了错综复杂的道路，还住着吃人的怪兽弥诺陶洛斯。

国王弥诺斯担心进出迷宫的秘密通道被泄露，

便把代达洛斯和他的儿子伊卡洛斯囚禁在岛上。

不知不觉间,
热辣辣的太阳
已经将他包围。

突然,伊卡洛斯发觉翅膀上的蜡正在熔化。羽毛一片片地从他身边飘落。

他再也不能乘着风飞翔了,一头栽进了大海里。

与此同时,代达洛斯正在到处寻找自己的儿子。

他怎么也找不见儿子的身影,只看到几片羽毛在海浪中漂荡。

代达洛斯在海上不停地盘旋,终于找到了伊卡洛斯,他已经变成一具漂浮在海面上的尸体。

代达洛斯流泪了,抱起死去的儿子,来到一座小岛。

他小心翼翼地把儿子葬在了一个墓穴里。

代达洛斯给墓穴填土时,一只鹧鸪飞过来,落在他身旁。

代达洛斯确信,他侄子塔洛斯的灵魂就栖息在鹧鸪体内。他明白了,自己终究逃不过天神的惩罚——伊卡洛斯是从空中坠亡的,就像当年的塔洛斯一样。

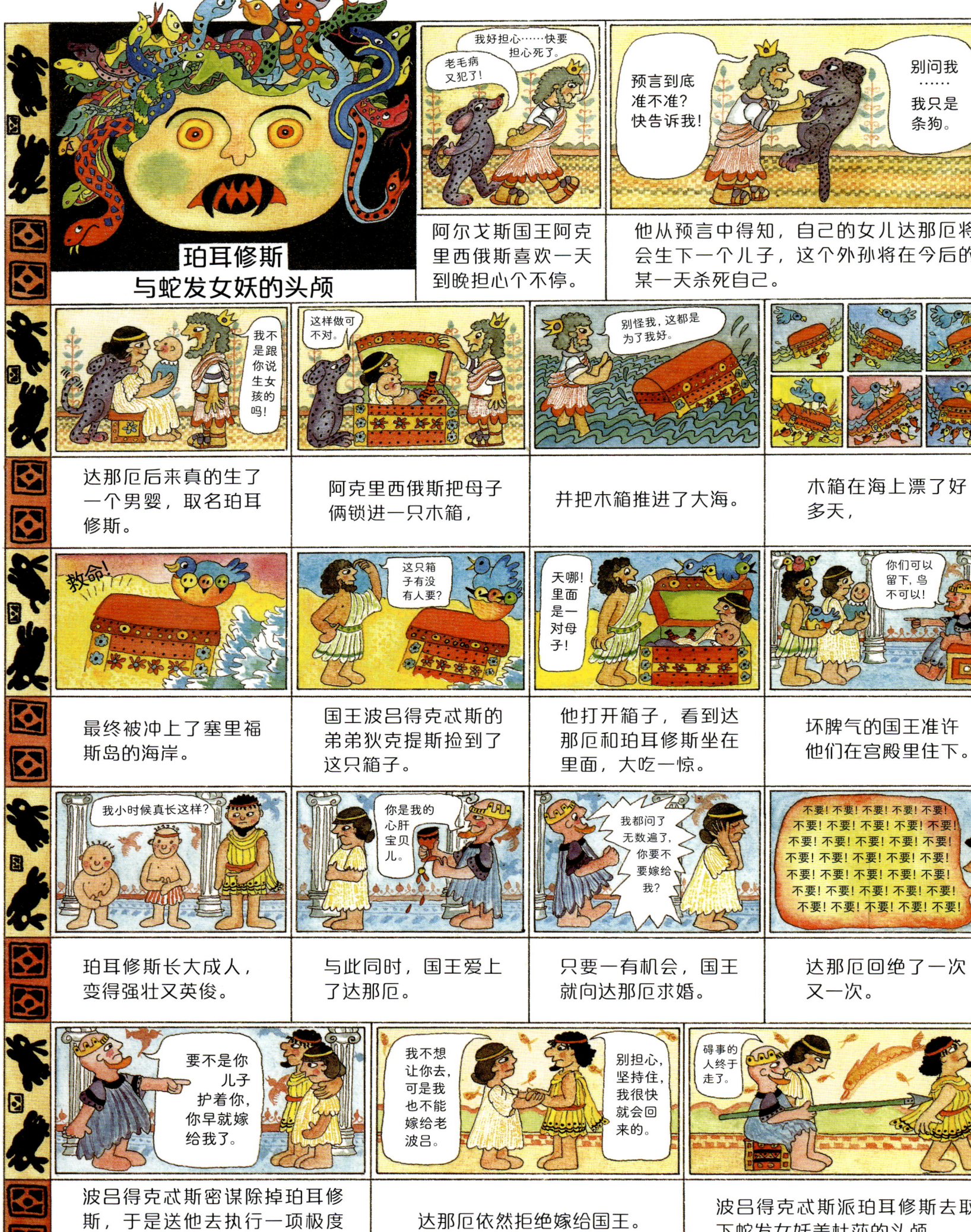

美杜莎的两位姐妹醒了过来，珀耳修斯纵身一跃，飞到了空中。

珀耳修斯赶紧戴上帽子，从女妖们的视线之中消失了。

回家的旅途也是困难重重。

一年之后，他终于回到了塞里福斯岛。

珀耳修斯找到了自己的母亲，她躲在一座神庙里。

他出发去宫殿见国王。

波吕得克忒斯以为珀耳修斯早就被变成石头了。

见到珀耳修斯活着回来，国王大惊失色。

国王刚想说话，珀耳修斯就亮出了美杜莎的头颅。

美杜莎的目光立刻把国王变成了石头。

珀耳修斯的母亲得救了。离开这座岛之前，珀耳修斯为狄克提斯加冕，狄克提斯成了岛上的新国王。

母子俩坐船前往阿尔戈斯。后来，珀耳修斯不小心害死了国王阿克里西俄斯，正如预言所揭示的那样。

去往克里特岛的途中,忒修斯的小船经历了风暴和海啸。

忒修斯终于抵达克里特岛。国王弥诺斯早已在岸边等候,还带着他女儿阿里阿德涅。

阿里阿德涅对忒修斯一见钟情,不可救药地爱上了他。

她决心帮助忒修斯战胜弥诺陶洛斯,并和他结婚。

这天夜里,阿里阿德涅趁守卫们熟睡的时候,悄悄地溜了出去。

她给了忒修斯一把剑,以及一个有魔法的线球,可以带他走出迷宫。

第二天,七对雅典男女被扔进了迷宫。

一进迷宫,忒修斯就把线球的一头拴在了大门上,然后出发去寻找弥诺陶洛斯了。

迷宫里又阴又冷，路线错综复杂。

突然，一只丑陋的怪兽出现在忒修斯面前。

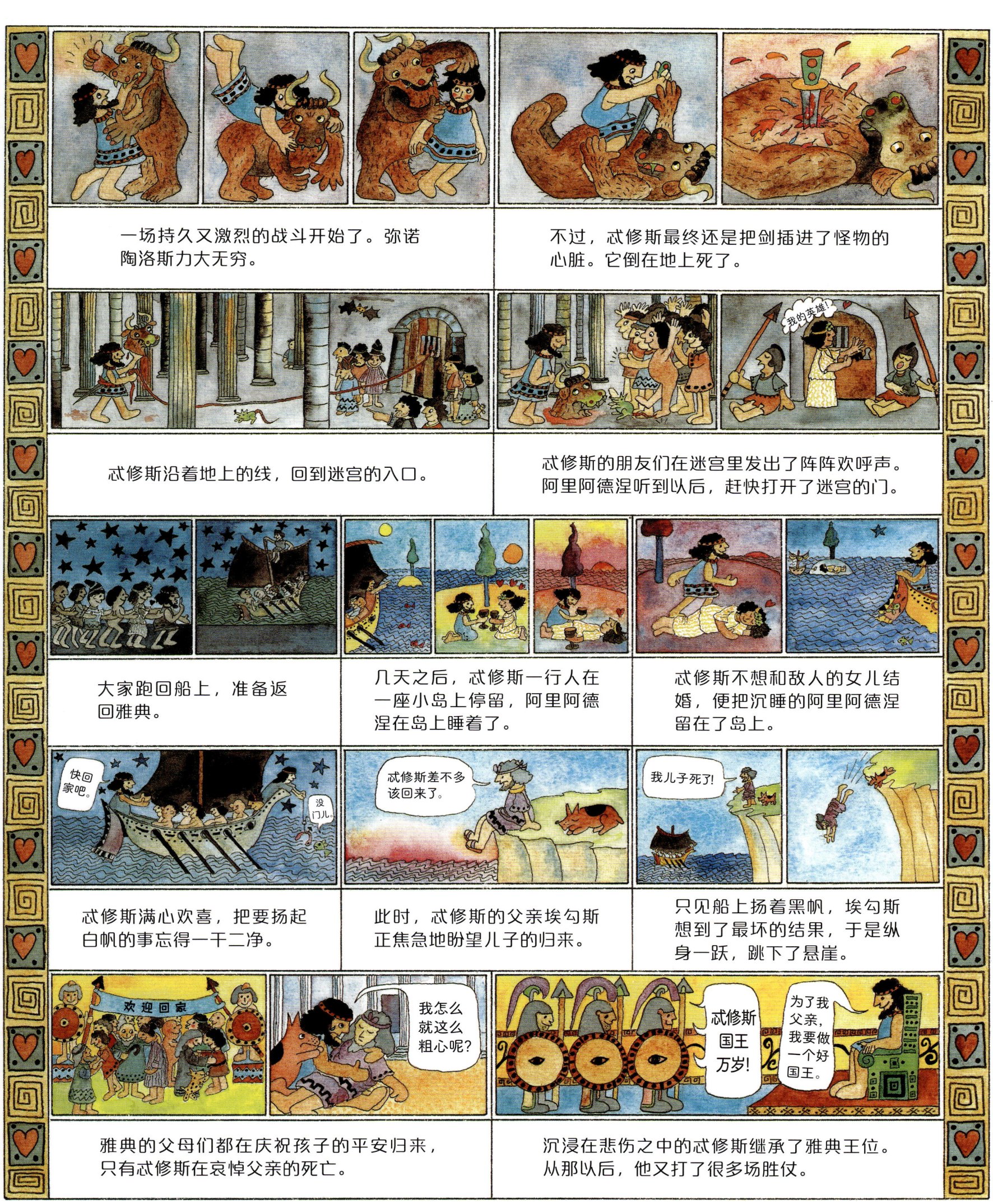

阿拉克涅和她父亲生活在希腊一个贫穷的村庄里。

她长得不漂亮,脾气也不好。

但她在织布方面很有天赋,整个希腊都无人能及。

阿拉克涅坚信自己是第一,不厌其烦地向所有人强调这一点。

许多人认为,她的手艺一定是从伟大的女神雅典娜那里学来的。

阿拉克涅很傲慢,她不仅否认了大家的说法,还认为自己比女神聪明。

阿拉克涅不该这样吹嘘自己,因为神明们的脾气都很大,最受不了人类踩在自己头上。

阿拉克涅的父亲求她不要和雅典娜争高低,从早上到中午再到晚上,求了她一整天。

没人能让阿拉克涅闭上自吹自擂的嘴巴。她甚至向雅典娜发起挑战,想和她比赛织布。

不久后,一个丑陋的老女人找上门来。

她劝阿拉克涅收回对雅典娜的挑战。

阿拉克涅笑了,她宣称,自己织的布不会输给任何人。

老女人气得从头到脚都哆嗦起来。突然——

她恢复了自己本来的样貌:无所不能的女神雅典娜。

就算如此,傻姑娘阿拉克涅还是不害怕。雅典娜决定给她点儿颜色看看。

于是,两台织布机并排摆开,一场神奇的比赛开始了。

一天过去了,只见织布机上的梭子来来回回,织出了美妙的图案。

在雅典娜织的图案里,希腊诸神容光焕发。

但在阿拉克涅织的图案里，诸神变成了一帮醉酒的笨蛋。

太阳落山了，两块布上的最后几根线也织完了，比赛结束了。

雅典娜起身查看阿拉克涅织的布。

阿拉克涅织的布确实完美无瑕，几乎可以和雅典娜织的布媲美。

但雅典娜发现阿拉克涅侮辱了诸神，顿时暴跳如雷。

雅典娜抄起梭子，把阿拉克涅的布劈成了两半。

然后，她转身开始敲打阿拉克涅的头。

雅典娜的暴怒终于让阿拉克涅害怕了。她担心自己会遭到更可怕的报应。

阿拉克涅在脖子上套了根绳子，将绳子系在房梁上。

阿拉克涅在房梁上左右摇摆。生命渐渐离开了她的身体。

看到这个场景，阿拉克涅的父亲吓坏了，求雅典娜放过自己的女儿。

女神勉强答应放过这个对手。

她在阿拉克涅身上撒了点儿草药——阿拉克涅的身上发生了可怕的变化。

首先，阿拉克涅的头发都掉了下来。

接着，她的鼻子、耳朵和腿也掉了下来。

她的胳膊也消失了，只剩下几根手指长在身体两侧。

她的头和身子都开始缩小，变得还不如一只拳头大。

最后，阿拉克涅上吊的绳子变成了一根细细的丝线。

雅典娜终于报了一箭之仇——把爱吹牛的阿拉克涅变成了一只蜘蛛！

亲爱的小读者们：

　　我叫多密欧，是一只爱吃浆果的睡鼠角斗士，也是即将带领你们了解古罗马世界的小向导。自罗慕路斯和雷穆斯时代起，我的祖先就一直生活在帕拉丁山上。一只母狼抚养着这对野孩子，我的一个亲戚还被这只狼给吃了呢！岁月变迁，睡鼠家族见证了罗马的兴衰。曾有一段时间，我们睡鼠成了罗马人最爱的食物！很多次我都差点儿丧命，多亏了我的角斗士头盔，我才没让罗马人的胃酸给消化掉。所以，就算见到你，我也不会把它摘下来的！但不管怎样，我都会把有关罗马兴亡的点点滴滴全都告诉你。前提是你得给我足够多的浆果吃，否则，在你读完这本书之前，我可能……就会……困得……忍不住……睡觉……去了。

　　Semper vale et salve.

多密欧·奥古斯都

　　补充：罗马民众都说拉丁语，Semper vale et salve 在拉丁语中是"祝你好运"的意思。

　　再补充：罗马城遭遇大火时，一幅卷轴的残余纸片落到了我颤抖的胡须上，于是，它就成了我的信纸啦！

　　再再补充：呼噜噜……

罗马
诸神与帝国的故事

图话经典：一看就上瘾的神话和寓言

[英]玛西娅·威廉姆斯 著　周颖琪 戴莎 译

浪花朵朵

湖南美术出版社
全国百佳图书出版单位
·长沙·

从混沌世界到人类诞生！

跟紧你的向导多密欧，没错，就是我！

罗马人的许多神话都是"借"来的。

他们还从希腊人那里借来许多神鬼故事！

在拉丁语里"真相"念作RES VERA。

我到底是头朝上还是头朝下？

这时候我是该醒着呢……

……还是该睡着呢？

一开始，整个世界一片混沌。

我必须知道自己在哪儿才行！

你去这儿，你去那儿！

这个给月亮，那个给太阳。

直到有一天，有一位神决定把这一切都理清楚。

他把时间一分为二，一半是白天，一半是夜晚。再把空间分成天空、大地和海洋。

他还创造了数不清的动物和植物。

你在天上倒是热闹，我在地上也得有点儿朋友吧。

这个……你造你的人吧，今天可是我的休息日！

大家都觉得这位神相当了不起，只有普罗米修斯心生失望。他独自一人，无聊透顶，想要一些玩伴。

真相
罗马人认为，人类之所以不同于其他物种，是因为人能够直立行走，可以仰望星空，而其他物种只能垂着脑袋面朝大地。

你好哇，小读者！神可不喜欢被人盯着看。

奥林匹斯山上的……

所以我可得小心点儿。

普罗米修斯创造了人类，而人类的任务就是让奥林匹斯山上十二位法力强大的主神天天开心，否则诸神就不再保护他们。于是，人类建造了许多用来供奉诸神的神庙，还挑选了许多男女祭司来安排各种节日和祭祀活动。罗马诸神易怒又记仇，你要是不把他们放在心上，后果可要自负！

你是我的唯一！

你要干吗？

朱庇特

你要当心朱诺，她非常好战。

朱庇特是诸神之王，掌管着天空、雷鸣和闪电，指引人们在荣誉和责任的道路上前行。如果哪天他心情不好，便会释放闪电！他的妻子朱诺脾气十分火爆，连身为众神之王的朱庇特都惧她三分。幸运的是，他能变成动物来躲避朱诺。

朱 诺

朱诺是诸神的女王，主管妇女和婚姻。她年轻活泼、身体强健，爱猜疑忌妒。她有一个十分强大的贴身侍卫，名叫阿耳戈斯，长着一百只眼睛。朱诺不仅是朱庇特的妻子，也是他的妹妹。玛尔斯和伏尔甘都是她的孩子。

咕咕！

不要这么暴躁。

汪汪！

密涅瓦

人们说，密涅瓦发明了数字和乐器。

密涅瓦是智慧女神，也是朱庇特最爱的女儿，诞生于朱庇特的头颅。密涅瓦生来就拥有美貌和力量，这让朱诺忌妒不已。

阿波罗

阿波罗是太阳、音乐、预言与医药之神，同时也是朱庇特的孩子。他是个热心肠又受欢迎的人，只要有他在的地方，就有温暖的阳光和美妙的音乐。

狄安娜

狄安娜是阿波罗的妹妹，也是月亮和狩猎的女神。她能和动物交谈并驯服它们。狄安娜和他的哥哥不同，她生性冷漠，只爱她的狗。

诸神之王朱庇特派墨丘利给人类带来了梦。

墨丘利是朱庇特的儿子，也是罗马人最喜爱的神。他生来就有闪闪发亮的眼睛，长大后聪明伶俐、快步流星。因此，朱庇特让他担任诸神的信使。诸神也都十分信任墨丘利，放心地把秘密交给他。

真相
随着罗马的扩张，神越来越多。
罗马人会让新领地的神加入自己的阵营。

……罗马诸神

罗马人热爱他们的神灵。无论是在花丛中、溪流里,还是在床底下,他们都希望能见到神灵的身影。每家每户都会有供奉守护神的神龛,那里有专门的神保护着人们;人们也会在乡野公共神庙供奉他们。女灶神维斯塔是所有家庭都会敬奉的神。

> 敬奉神明,他们就会施恩于你。

> 在哪发生的,宝贝儿?

> 你不想知道是谁吗?

玛尔斯

他是除了朱庇特以外最重要的神,掌管着战争、自然、春天以及牲畜。他的母亲朱诺和一朵神奇的花相结合,于是便有了他。玛尔斯是个帅气但却爱制造麻烦的神,喜欢战争和杀戮。他有个名叫狄斯科耳狄亚的助手,是掌管纷争的女神。其他神都尽量躲开他俩。

维纳斯

维纳斯是爱、美以及草木的女神,受到所有罗马人的喜爱。她出生在被海水泡沫簇拥着的一枚贝壳之中,一出现便是成人的模样。她嫁给了火神伏尔甘,却不喜欢被婚姻束缚。无论对象是神还是凡人,维纳斯都期望能遇到一段更加惊心动魄的爱恋。

> 战神说不定想碾碎我的骨头呢!

> 维纳斯,我的心肝宝贝!

> 我的女儿在哪里?!

伏尔甘

伏尔甘是火和锻造之神,如果他给火炉添了过多的柴火,那么火山就会爆发!他深爱维纳斯,维纳斯却不爱他。他是朱诺的孩子,生来就行动不便,走路一瘸一拐。

维斯塔

维斯塔是家庭和炉灶之神,也是朱庇特和朱诺的姐姐。维斯塔与他俩不同,她生性善良温和,关照女性。女人们将蛋糕扔进灶膛,以此敬奉维斯塔。

刻瑞斯

身为谷物女神的刻瑞斯是朱庇特的姐姐。如果哪天她心情不好,那年的收成便会受影响,人们就会挨饿。有一次,由于她的女儿普洛塞庇娜不见了,那年的土地就变成了荒漠,直到她找到了女儿,土地才恢复原状。

> 美丽女神维纳斯为诸神和睡鼠带来欢乐。

尼普顿

他是海洋和淡水之神,是朱庇特和冥王普鲁托的兄弟。尼普顿力量强大,喜怒无常。他相貌堂堂,有着翠绿的头发和湛蓝的眼眸。比起待在奥林匹斯山,他更喜欢骑着马在波涛之上穿行。

> 我躲在这儿呢!海神喜欢鱼,讨厌睡鼠!

真相
罗马女神的头像被印在早期罗马硬币上。

罗慕路斯与雷穆斯的诞生

用我锐利的眼光看看我的睡鼠晚餐在哪里!

没看见,你没看见我!

我亲爱的人类姑娘!

太好了!你来了!

很久很久以前,那时候还没有罗马这座城市。战神玛尔斯飞越奥林匹斯山,穿过层层云幕,来到了阿尔巴隆加(在今天的意大利),与西尔维亚公主结婚。

其实我并不害怕战神的秃鹫,真的,我不怕。

这顶王冠真是太适合我了,为你们的阿穆利乌斯国王欢呼吧!

是时候回家了!

两个小孩儿太多了!

我只是比较谨慎而已,它走了吗?

西尔维亚的父亲是国王努米托,努米托有个坏心眼的弟弟,名叫阿穆利乌斯,他夺走了努米托的王位。

西尔维亚公主生下了一对双胞胎儿子,阿穆利乌斯知道后,愤怒不已。

两个讨人厌又后患无穷的小东西!

哗啦啦!

邪恶的阿穆利乌斯,他比秃鹫还要坏!

他担心这对双胞胎长大后会夺回他们外公的王位。

于是,他把这对双胞胎扔进了台伯河里。

真相
有人说,这对双胞胎出生后,阿穆利乌斯立马活埋了西尔维亚公主。
河神第伯里努斯救了她,并在不久后娶了她。

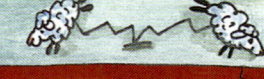

王政时代的七位国王

我们知道的关于罗马王政时代和七位国王的故事，大多数来自古老的传说。罗马人相信：罗马的社会结构可以建立并延续两千年，罗慕路斯和之后的六位国王功不可没。

罗慕路斯的好战让罗马人身心疲惫。

第二位

努玛·庞庇里乌斯
公元前716年至前673年在位

在罗慕路斯消失之后，元老们任命一位名叫努玛·庞庇里乌斯的萨宾族人成为罗马的新国王。努玛睿智又热爱和平，改变了原本野蛮的统治方式，让罗马人民过上了和平的生活。罗马人民学会了尊重他国的领土，也为本国的手艺和贸易感到自豪。努玛是在很老很老的时候去世的。

第三位

托里斯·奥斯蒂吕斯
公元前672年至前641年在位

托里斯·奥斯蒂吕斯是罗马的第三代国王，他从不听取诸神的建议，喜欢发动战争。他甚至毁灭了曾经由努米托国王统治的阿尔巴隆加。一次，罗马暴发了一场严重的瘟疫，托里斯不幸感染了病毒。他向诸神寻求帮助，然而一切都太晚了。朱庇特投下的闪电击中了托里斯的家，一切都灰飞烟灭了！

努玛总是听从诸神的建议，真是位聪明人！

这些君主逝世很久之后才有了这些故事。

安库斯·马尔西乌斯
公元前640年至前616年在位
第四位

安库斯·马尔西乌斯是努玛·庞庇里乌斯的孙子、罗马的第四位国王。他尊敬诸神，热爱和平。安库斯国王修建了第一座横跨台伯河的大桥，还修建了奥斯蒂亚港，将罗马的国土扩张到了海域。同时，他在海边建起了盐场，炼出的盐让食物储存得更久，也让食物更美味了！

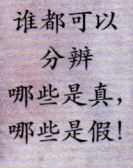

谁都可以分辨哪些是真，哪些是假！

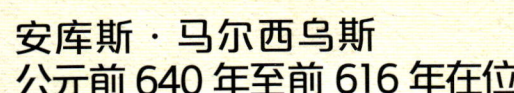

真相：睡鼠的话！
我，多密欧，是人类以及睡鼠历史上最伟大的罗马历史学家！

罗慕路斯统治期间，罗马还只是由一些小村庄组成的。渐渐地，罗马的人口越来越多，这些村庄就聚集成了城市，罗马的第一个城市中心——古罗马广场建成了。随着历届国王占领了更多土地，罗马的影响范围也越来越广了。

第五位
卢修斯·塔克文·普里斯库斯
公元前616年至前579年在位

作为罗马的第五位国王，他原本是安库斯国王的儿子们的守卫，后来窃取了王位。他建造了第一条下水道和宽敞的大路；为了举办拉战车比赛和拳击比赛，还修建了马克西穆斯竞技场。最终，安库斯国王的儿子们暗杀了他。但塔克文早已选定了王位继承人，安库斯的儿子们还是未能如愿。

第六位
塞尔维乌斯·图利乌斯
公元前578年至前535年在位

第六位国王塞尔维乌斯是奴隶出身，后来被塔克文国王收留。塞尔维乌斯是个体贴善良、受人爱戴的国王。在他的统治下，罗马将七座山全部占领了。人们开始使用罗马硬币，也有了第一次人口普查。后来，塔克文·普里斯库斯的孙子塔克文·苏佩布将他从王位上赶了下来，并谋杀了他。

第七位
卢修斯·塔克文·苏佩布
公元前535年至前509年在位

他是第七位也是最后一位罗马国王。他谋杀了罗马人民敬爱的塞尔维乌斯国王，罗马人民无法原谅他。他依靠恐吓治理国家，只要是反对他的人，就会被他迫害。他的儿子塞克斯图斯也没好到哪儿去。由于这对父子的行为太恶劣，罗马人民奋起反抗，最终流放了塔克文国王。

据说，图利乌斯用睡鼠的骨头来剔牙！

罗马人相信，塔克文能当选国王是诸神的选择。

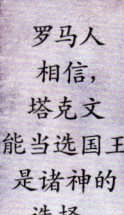

我妈说，塞尔维乌斯真的是伊特鲁里亚公主的儿子。

在货币制度订立之前，罗马人通过物物交换进行交易。

真相
塞尔维乌斯·图利乌斯将罗马人分为几个等级：
地主是贵族阶级，商人是骑士阶级，穷苦市民是平民阶级，奴隶和外族人是非公民。

罗马共和国

可怕的高卢人

野心勃勃的罗马人继续四处征战，将地中海附近的土地通通据为己有。

罗马的势力范围越来越广，被侵犯的当地人开始反击。

公元前390年，从北方来的高卢人入侵罗马。

罗马人抵挡不住，逃到了卡比托利欧山上的朱庇特神庙里。

高卢人在夜色的掩护下袭击了卡比托利欧山，当时，罗马人正在熟睡。幸运的是，朱诺女神的鹅一直保持警惕，它们发出的"嘎嘎"声惊醒了睡梦中的罗马人，挽救了岌岌可危的罗马城！

真相：睡鼠的话！
我猜一定是高卢人裸露的身体让这群鹅受了惊吓，于是嘎嘎叫个不停！

嘘，我还没醒呢。

有些人为罗马而战，有些人只是为了财富和荣耀。

如果你不是罗马人，那就一定是野蛮人！

高卢人裸体迎战。

他们戴着护身项链来保护自己！

罗马帝国的公民

奥古斯都大帝将罗马划分成几片区域，每片区域由一位区长负责，同时还有一位治安法官照管市民。他还设立了守夜制度，用来提防火灾。为了不让台伯河里的垃圾漂流到城内，他还下令清理了水源。

台伯河清理干净后，我们失去了在罗马的家。

他应该把猫也给清理掉。

元老

元老都来自富裕家庭。在奥古斯都大帝统治时期，他们依旧负责起草法律法规，但是必须经过奥古斯都的同意才可以实施。

决斗赛和战车比赛也在广场举行。

治安法官

这又是一项富人才能做的工作。治安法官负责监督人们遵纪守法，还负责征收税款。

罗马人每天必做的事情之一就是去广场逛逛。

地主

地主拥有罗马城之外的土地。奴隶看管这些土地，耕种作物，然后去城里贩卖。

士兵

富人家的年轻男性通常会在参政之前先参军，一旦参军，便要服役二十五年！

等会儿给你看看我的新头盔！

公民们，尊重诸神吧！

快点儿，你一定能成为不错的祭品！

哼哼！

演说家！

咩咩！

是他干的！

我简直没法儿相信！

我才不买呢，它都裂了。

加强立法！

增加税收？

他可真聪明。

是的，妈妈。

古罗马广场上总会发生新鲜事——公众演讲、钱币存储、商业贸易、小吵小闹、胜利游行、节日庆典、购物闲聊。广场的一头有一间长方形的会堂，另一头则是一座神庙。

真相
广场上混杂着各个阶层的人民，上自元老，下至奴隶。

只有军团里的百夫长或者军官的头盔上才有羽饰。

奥古斯都大帝是整个国家、宗教和军队的首领，但他依旧要听从元老院的建议。在他的领导下，罗马居民的生活有了很大的改善，因此，与共和国相比，大部分人民更愿意生活在这种帝国的统治下。

羽饰让长官在战场上一眼就能被看到。

在古罗马，火是很大的隐患。

睡鼠不洗澡。

奴隶和自由民不能成为罗马公民。

工匠
工匠的手艺是父子相传的。罗马有着许多种类的工匠，如铁匠、制陶匠、木匠、面包师和雕刻家。

店主
一些工匠会在自己的店里卖自己做的东西，也有很多食品店和咖啡店会贩卖熟食。

奴隶
奴隶通常在矿山、大楼、私人住所、庄园或为政府工作，有些也会当老师、医生或者图书管理员。

自由民
有的奴隶很幸运，能够赎回自己的人身自由。大部分自由民会成为工匠、银行家、商人或者政府办事员。

对罗马人的生活来说，浴场是一个非常重要的场所。那里配备了冷热浴池、卫生间、桑拿房、咖啡馆、健身房、读书室，还有理发师、奴隶服务员、杂耍演员、哲学家、诗人、音乐家、体操运动员，甚至还有小丑！

真相
大一些的浴场甚至可以容纳一千多人。

平民家庭的日常

母亲

奥古斯都大帝统治时期的平民依旧过着艰苦的生活。就算这一家人有工作，也只能住在高层公寓中的某个狭小房间里。公寓的顶层是用木头建造的，既不安全又不防火。一到闷热的夏天，街道上腐烂的垃圾和公共厕所便会散发出难闻的味道。

平民起早贪黑地工作着：太阳初升就起床，太阳落山才能休息。他们的早餐通常只吃一片面包和几颗橄榄。然后，全家人都要开始工作，就连最小的孩子也不例外。因为大部分体力劳动都被奴隶做了，所以平民只能做工匠、店主和食物摊贩之类的工作。

奴隶
罗马

有些人一出生就是奴隶，有些人是战犯沦为奴隶。大部分奴隶都赢得了主人一家的信任，只有小部分会被虐待。幸运的话，主人可能会收养奴隶的孩子。

自由民
罗马

睡鼠可不是平民。

平民一天到晚都在工作。

我们睡鼠一天到晚都在睡觉。

有些平民会参军。

留意自由民的帽子哟。

真相
在罗马，一家人通常挤在一间屋子里，就算儿子已经结婚生子，也还是会和父母住在一起！

很多罗马人都是文盲，一点儿都不像睡鼠！

贵族孩子的一天

出生在贵族家庭的小孩是十分幸运的。他们一出生就被喂得饱饱的，住在干净整洁的房子里，还有奴隶照顾他们。父母教导孩子遵守家庭守则，到他们六岁左右时，便会送他们去学校读书了。

小学叫作"卢达斯"。

到了十一岁，就要上文法学校。

告诉你吧，两种学校我都上过哟。

我们把书写用的蜡板吃啦！

马库斯和图里亚

主人，公鸡打鸣啦。

早安，灶神。

过来，给我多加些蜂蜜。

快点儿，你上学要迟到了。／爸爸说我也能去上学。

你是……女孩？／是的，老师。

好吧，但是狗可不能进来！

你们的脑袋位于后背上方。

中午到了，放学。

太棒了！

先午睡一会儿，然后再上化妆课。／好的，妈妈。

先午睡一会儿，然后再去洗个澡。／好的，爸爸。

作为罗马人，精神和身体都要强大。／好的，爸爸。

好的，妈妈。／女孩可要打扮漂亮。

你们可以去玩了。／看！

我们来玩野蛮人打仗的游戏吧！／不，别碰我的洋娃娃。

我们来比赛吧。／不，我要玩弹珠。

图里亚，要睡觉啦。／那马库斯呢？

我要和大人们一起吃晚餐。／不公平！

跟我说"晚安"，图里亚。／晚安，图里亚。

真相
学校在小学阶段用拉丁文教学，到了文法学校阶段，改用希腊语教学。

> 罗马总是吵吵闹闹，拥挤不堪。

平民孩子的一天

平民孩子的童年很短暂，而且比贵族孩子艰苦得多。他们住在狭小脏乱的家里，吃的食物都没什么营养，常常因感染疾病而死。只有少数五六岁就开始工作的平民孩子才有可能走进学校。

> 所有带轮子的运输工具都只能在晚上进入罗马城。

> 入夜之后，所有商品便开始运送到城内。

> 白天，满大街都是乞丐。

> 每隔九天会有一次贩卖奴隶的集市。

真相
如果平民孩子到了六岁还没有出去工作，就得在家里照看弟弟妹妹。

罗马节日

1月：纪念亡故父母的敬先节。

3月：敬奉战神玛尔斯。

4月：庆祝罗马建国。

8月：敬奉墨丘利。

古罗马人十分喜爱庆典，一年有超过两百个节日，为诸神和历史上的伟人庆祝。在节日里，贵族们会花钱去玩乐、看舞台剧、开舞会、宴请宾客，庆祝活动通常会持续好几天。3月1日是罗马的新年，人们会用月桂树的枝叶装点每座建筑。

真相

农神节庆典在每年的12月17日举行。贵族们纷纷杀猪庆贺，之后，便把猪肉分发给自家的奴隶。

伟大的罗马军队

军团长
他是军团指挥官和营长，通常也是皇帝任命的元老。

保民官
每个军团里都有六名保民官，保民官的首领通常是志在加入元老院的年轻贵族。

百夫长
每个军团里有五十九名百夫长，大部分是从普通士兵成长起来的。

普通士兵
- 青铜头盔
- 铠甲
- 皮质木盾
- 标枪
- 板甲
- 半身裙
- 带金属钉的皮凉鞋

他们每天的训练都很辛苦，要学习行军、游泳、扎营、骑马以及使用各类武器。

辅军士兵
- 皮革束腰外衣
- 投石
- 光脚

辅军士兵为罗马军团提供支持。与普通士兵相比，他们的收入和训练都很少。

如果没有这样强大的军队，罗马就不可能占领如此广大的疆域。一开始，当兵只是一项兼职工作，但随着军队的日益壮大，开始正式出现军人这种职业。到了公元200年，罗马军队拥有大概三十万名职业士兵。他们训练有素、体格健壮、意志坚定，不仅要学习如何战斗，还兼顾侦查员、工程师和砌石匠的工作，修渠架桥、开疆修路都不在话下。

- 百夫长会用藤条鞭打不服从命令的士兵。
- 为了免于惩罚或逃避责任，士兵会贿赂百夫长。
- 如果战争取得胜利，士兵们会获得金钱奖励。
- 禾草环军冠会奖励给勇敢的士兵。

真相
禾草环（由战场上采摘的禾草、花卉、野草和各种谷物等编织而成）军冠代表最高荣誉，颁发给拯救整个军团、立下汗马功劳的长官。

禁卫军
他们是皇帝的贴身护卫，新皇帝为了让他们保持忠诚，给了他们很多奖金，但是效果却不怎么样！

城镇监视兵
在罗马，城镇监视兵充当着警察的角色，需要听从城市领导者的指挥。

消防队
一个负责灭火的半军事化组织，同时也负责罗马十四个区的夜间守卫。

罗马共有三个城市护卫队，每队共有一千人。

在罗马早期，没有用来安置罪犯的监狱。

处罚罪犯的方式有三种：罚款、放逐、剥夺公民身份。

你马上就会变成一只美味多汁的烤香猪！

战犬
一群训练有素、饥饿难耐的战犬有时也是一支强大的作战队伍。

哼哼！我着火了！

战猪
在猪的身上裹上一层树脂，再点上火，猪发出的惨叫声能够吓跑敌军的大象！

人们有时候将睡鼠肉和猪肉混在一块儿吃！

普通士兵是罗马军队的主力，他们都是从市民中招募而来的。一个军团中大约有五千人，八十人为一组。每个军团还有大约五千名辅军士兵，他们都是自由民，充当边防卫士、弓箭手和骑兵的角色。对穷人来说，只要能熬过二十五年的兵役生涯，当兵就是个不错的选择。因为服完役之后，原本就是公民的士兵能够得到一笔钱和一小块土地，而原来不是公民的士兵将获得公民身份。

真相
很多人以为"大通道"是罗马人在吃多了之后用来休息或催吐的房间，但实际上它是圆形竞技场后面的一条出口通道！

哇——我需要一间呕吐室！

罗马皇帝——有好也有坏！

卡利古拉的意思是"小靴子"！

"小靴子"结了婚，并谋杀了他的姐姐！

盖乌斯
公元 37 年至 41 年在位
别称 卡利古拉

一开始，盖乌斯是个慷慨大方、受人民爱戴的皇帝。

但生过一场大病后，他性情大变，开始滥杀无辜、折磨百姓。

英西塔土斯有个大理石做的马厩！

他甚至让他的爱马——英西塔土斯，竞选执政官。

禁卫军刺杀了盖乌斯，结束了他长达四年的疯狂统治。

尼禄参加了很多比赛和游戏。

尼禄
公元 54 年至 68 年在位

尼禄一开始也是个好皇帝，后来却杀害了自己的亲生母亲、妻子以及老师。

一到夜晚，尼禄就喜欢伪装成小偷，抢劫商铺。

人们为了不激怒他，都会让他赢。

他什么也没为罗马做。就连罗马城遭遇大火时，他也还在玩他的里拉琴。

最后，军队发动了叛乱。尼禄选择自杀。

罗马，这个由罗慕路斯建立的小国，已经成为横跨欧亚非大陆的帝国。这让罗马皇帝成了世界上权力最大的人。但管理一个如此辽阔的国家并不容易，只有在一些伟大的皇帝的统治下，比如奥古斯都大帝，罗马帝国才会繁荣昌盛。但并不是所有皇帝都像他一样智慧仁爱、受人尊敬。

真相
尼禄常常一连弹奏好几个小时的里拉琴，还会在戏剧中表演音乐。观众如果在他演奏的过程中离场，就会被尼禄下令处死！

韦斯帕芗本来是个军团的将军,后来被推选为皇帝!

韦斯帕芗
公元 69 年至 79 年在位

谦逊的皇帝……   ……谦逊的男人!

韦斯帕芗是一名令人愉快的君主。

- 不再野蛮!向学者和艺术家学习!
- 韦斯帕芗万岁!

几位毫无作为的皇帝结束统治后,韦斯帕芗为罗马带来了秩序。

- 这片废墟上会建起一座新的竞技场!
- 太棒了!

他清理废墟,帮助人民重建被大火摧残的城市。

- 将这些人驱逐出境!

韦斯帕芗开除腐败的官员,奖励正直的官员。

- 我觉得我正在变成神!
- 一位站着死去的皇帝!

他是少数没有被毒害和暗杀的皇帝之一。

他死于严重的腹泻。

图拉真
公元 98 年至 117 年在位

伟大的皇帝……   ……和将军!

罗马人民和元老都很喜爱图拉真。

- 是你给了我统治人民的权力。
- 图拉真万岁!

图拉真步行进入罗马,拥抱了元老,然后走到民众之中。

- 在我的统治下,没人会挨饿。
- 谢谢你,图拉真。

他关心穷人,把自己的钱分发给需要的孩子。

- 达契亚是我们的!
- 建造胜利之柱!

他既是一位伟大的皇帝,也是一位伟大的将军。他将罗马疆域扩张到有史以来最大。

- 我想我被下毒了。
- 你是我们最敬爱的皇帝。

图拉真的统治为罗马帝国带来了辉煌。他去世后,罗马人民都为他哀悼。

他的骨灰被放在一个胜利之柱里。

有些皇帝疯狂、邪恶又危险,还有一些只关心财富和权力,这些皇帝让人们惧怕。但好皇帝和他的家人都会受到人民的尊敬和爱戴。人们不会把皇帝当作神,但如果是一位伟大的皇帝,元老院可以在他去世之后尊他为神。

真相
每当新皇帝上任,元老们都会祈祷,希望他能"比奥古斯都和图拉真更伟大"。

献给可爱的埃丝米——一位真正的世界公民！

亲爱的读者：

　　这是一张埃丝米（我的小小好朋友）和她家人的合影。埃丝米在中国出生，她的妈妈是威尔士和英格兰混血儿，她的爸爸是印度人。幸运如她，一出生便接触了四国文化。本书旨在纪念埃丝米的印度亲友，并且给大家提供一个机会：与奇妙的动物们一起走遍印度。

　　双手合十①

玛西娅敬上

① Namaste，合十礼，又称"合掌礼"，是印度古国的文化礼仪之一，后为各国佛教徒沿用为日常普通礼节。行礼时，双掌合于胸前，十指并拢，以示虔诚和尊敬。

——译者注

浪花朵朵

图话经典：一看就上瘾的神话和寓言

印度民间寓言故事

［英］玛西娅·威廉姆斯 著　周颖琪 戴莎 译

湖南美术出版社
全国百佳图书出版单位
·长沙·

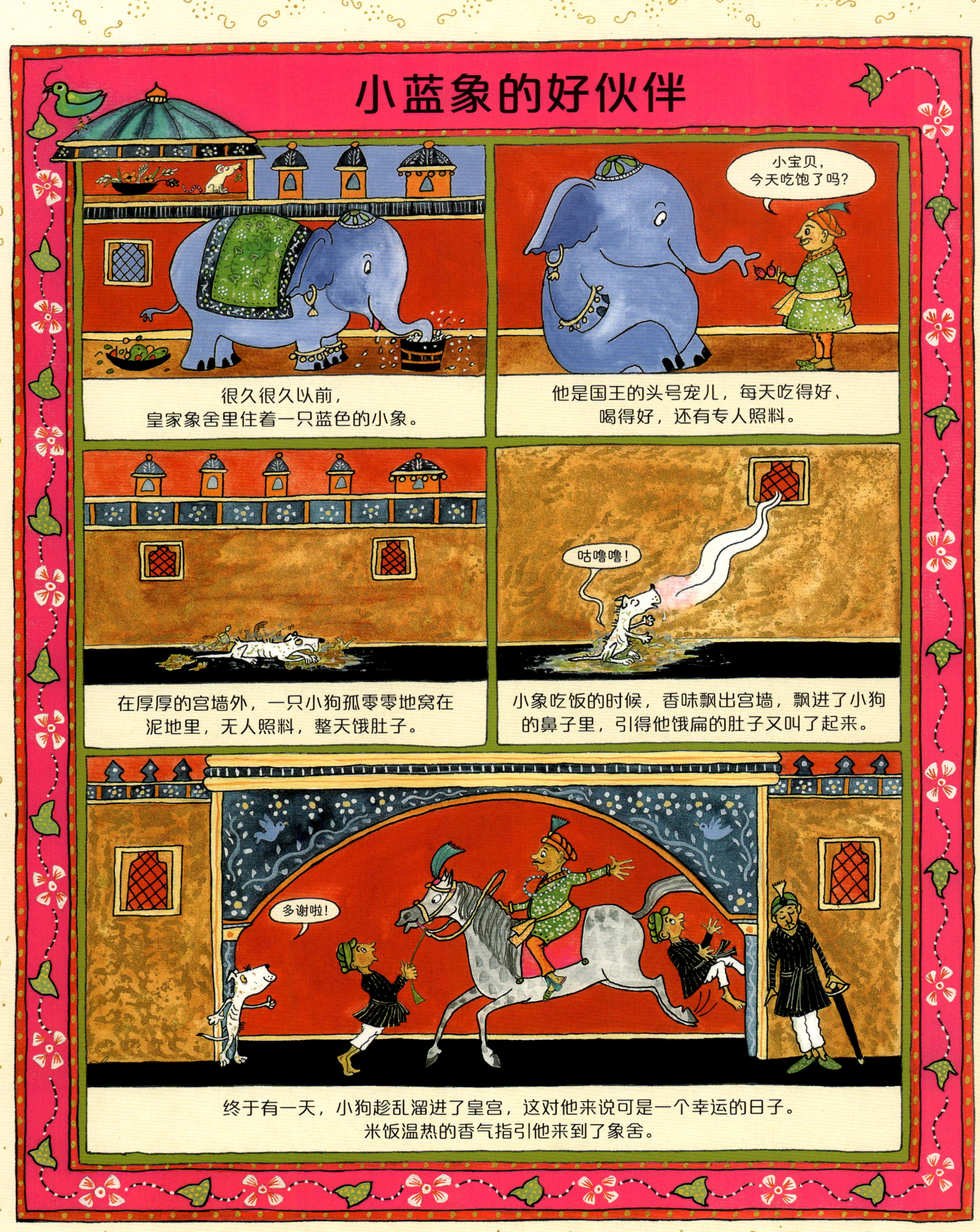

国王的命令传到了富商和小狗所在的乡村。富商十分害怕自己会受到惩罚，立马把小狗轰出院子，还赶下了山！重获自由的小狗欣喜若狂，高兴地摇着尾巴飞奔回小象身旁。

小象和小狗高兴得手舞足蹈。国王、大臣和饲养员看到这一幕,也都开心得鼓起掌来。从此以后,这对好伙伴便一直快乐地生活在一起。没有人——再也没有人能把他们分开!

这是一只自负的喜欢被人奉承的猫。

每当鸟宝宝们学习飞行的时候,帕比提妈妈便会故意说些悦耳的话来满足猫的虚荣心。

直到有一天,帕比提妈妈觉得鸟宝宝们已经做好了翱翔天际的准备。

这只猫又来看鸟宝宝了。这一次,帕比提妈妈并没有像往常一样讨好他。

这只猫大发雷霆,暴露了自己易怒、贪婪的本性。他一跃而起,向这窝小鸟扑去。

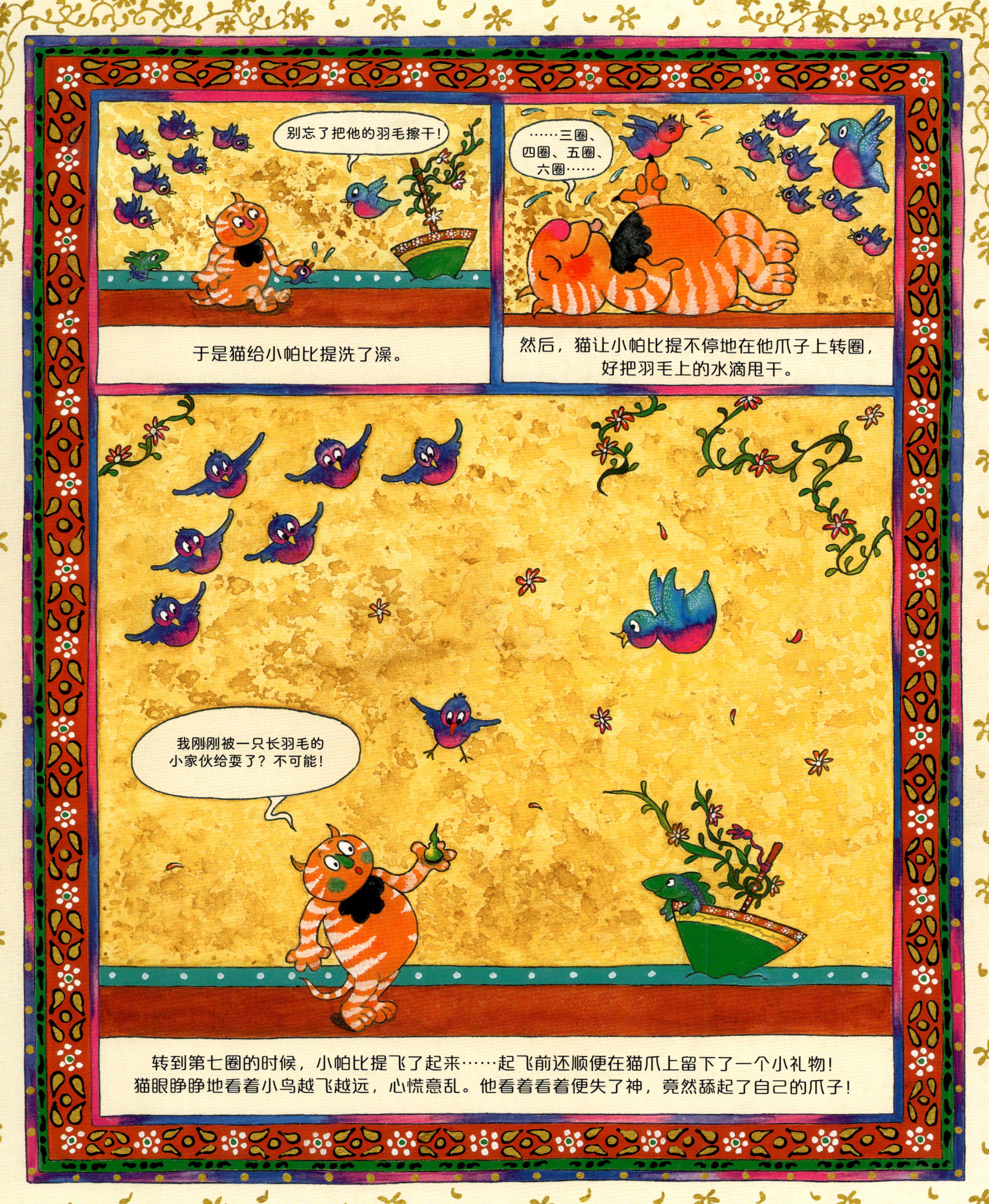

自此以后,每天都有一只动物被送到狮子王的洞穴里,有去无回。巴斯卡拉很喜欢这样的生活。这让他觉得自己既威风,又尊贵。

现在,轮到这只睿智的老兔子成为狮子王的盘中餐了,尽管他年纪很大,但他也不想就这样死于狮子王的血盆大口。老兔子慢慢地朝着狮子王的洞穴跳去,思考着要怎样才能逃脱被吃掉的命运。

Copyright © 2012 Marcia Williams
Published by arrangement with Walker Books Limited, London
SE11 5HJ
All rights reserved. No part of this book may be reproduced, transmitted, broadcast or stored in an information retrieval system in any form or by any means, graphic, electronic or mechanical, including photocopying, taping and recording, without prior written permission from the publisher.

本书中文简体版权归属于银杏树下（北京）图书有限责任公司